CHUANGYI YINGXIAO · SHOUHUI POP

创意营销·手绘pop

校园
XIAOYUAN

主编

陆红阳　喻湘龙

编著

张　静　邓海莲

游　力

广西美术出版社

目录

手绘POP是近年来风行全国的一种广告形式，以其制作简单、方便、快捷，形式新颖活泼，成本低廉等诸多优点越来越受到广大商家及消费者的重视和喜爱。

POP即"Point Of Purchase"，可译成"购买点的海报"。它是现今流行的一种广告媒体。POP起源于美国，由于第一次世界大战后全球经济普遍萧条不振，市场买气也因此低靡，广告费用成为厂家及卖方极大的负担，再加上美国超市如雨后春笋般地兴起，因此在经济需要迅速复苏的情况下，POP的广告逐渐地攻占其他媒体。校园节庆、拍卖、店面布置等各类场合都出现了POP。POP广告不像电视、报纸，它的可更新度极大，更新的方式也更灵活，是一种更适应市场变化的媒体宣传方式。

不同的场合，POP将扮演不同的角色。依据POP的表现形式可分为悬挂式POP、立牌式POP、立体式POP等。根据市场需要，POP的内容也多种多样，如拍卖POP、校园POP、招募POP、价目POP等。本书的重点在于向读者展示校园POP海报的运用实例。主要内容包括: 校园会展告示POP、校园竞赛告示POP、校园节日告示POP、校园活动告示POP、校园宣传告示POP、校园营销广告POP。目的在于让读者了解在制作一幅POP海报时，需要明白因为诉求主题、诉求角度的不同，最终的表现手法就会有所不同。校园POP多讲求参与性和号召性，商业性不强，通常文字内容较多，这时需要注意的就是文字与插图的编排构成。校园POP的主要目标受众是校园师生，其次还有一些路人，因此它的色彩和形式都应与校园的整体环境相符合，色彩明亮，纯度较高，画面内容生动活泼，甚至幽默和搞笑，这样才符合年轻人的心理需求。无论什么样的表现形式，手绘POP海报中最终决定其成效的是文字的造型。多变但又易读的POP字体是成功传达情感、沟通商家与消费者思想的有力武器。

随着DIY时代的来临，学习美工可以提高自身的技能，可以节省许多额外开支，让人更有成就感。在这本书里我们向读者提供了运用多种手法、呈现出多样化风格的各类POP海报，让读者有选择地对POP海报进行学习与深入了解，希望能起到抛砖引玉的作用。

校园告示

展 SHOW

会展
POP

画面的构图完整，插画技法熟练。

有春风拂面的感觉。

颜色通常由主题所决定。

大色块让画面整体效果很好。

大大的嘴，好可爱哦！

画面动感十足。

短线的点缀，画面更精彩。

夸张的表情，强化了主题。

文字的处理效果不错。

黄色的点缀，让画面更活泼。

标题的层次很丰富。

重色的外框让物体突出。

人物造型生动，构图饱满流畅。

朴素也是一种风格。

构图的形式感很强，很独特。

典型的校园POP，够"稚气"。

黑色总是能让效果更强烈。

三原色的出现，很醒目。

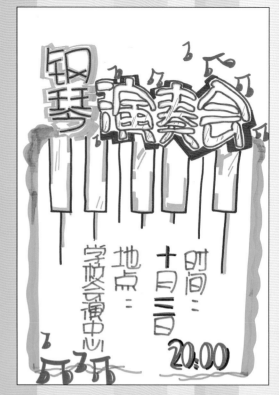

图文组织得很恰当。

教授的形象处理得十分到位。

线框让画面更完整。

主题颜色鲜明、醒目。

调皮可爱的恐龙，整个画面也活泼起来了。

细碎的画面与回忆的主题很合适。

画面的情节性很强。

美丽 精彩的世界
等你来！

蝴蝶展

- 展出时间：11月15日、16日
- 展出地点：展厅一楼

美丽的蝴蝶引人注目。

大型音乐会

周末晚8:00
学校会演中心

呆呆的眼神，真有意思。

足球大赛

生物系

VS

化学系

校园告示

竞赛

POP

画面粗犷，主题清晰。

文字呈放射状，使构图变化丰富。

主题突出，表达明确。

鲜艳的色块让画面层次分明。

标题配适当的图让形式更活泼。

借助线条，让画面有变化。

相同的主题，不同的表达。

画面幽默，令人印象深刻。

黄色的色块，相互呼应。

灵活的编排，不失活泼。

打破常规构图，值得称赞。

画面完整，简洁明了。

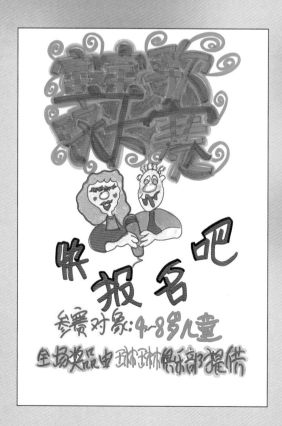

注意不同工具的肌理。

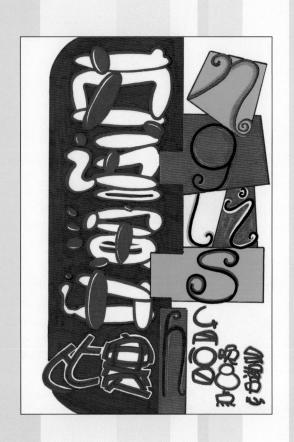

背景用底色也是一种不错的手法。

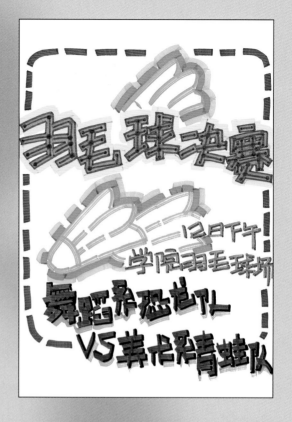

用笔稳重，同时不失活泼。

均匀的笔触使画面统一和谐。

神秘的黑色令人好奇。

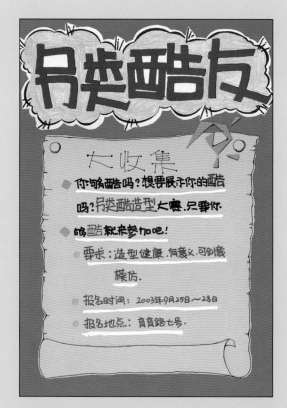

另类的画中画的表达方式。

中心集合，画面紧凑。

标题也可以在画面下方的哦!

动感十足的可爱形象。

人物阴影的描绘,恰到好处。

画面连贯,中心突出,插图个性十足。

开心的图画充满童趣。

人物也可以成为架构文字的一部分。

人物形象生动，标题有特色。

有对比才有吸引力。

又是一幅情景相融的POP。

单纯的色彩，处理得当，效果也不错。

懒懒地趴在篮球上，可爱极了。

真是有创意的作品。

轻松的画面，轻松的活动。

随意的两笔绿色，为画面带来了生机。

颜色的搭配绝对棒。

表现得好特别哦!

粗犷的风格，运动的主题。

人物动态把握得很好。

色块分割的画面，形式感很强。

重重的黑底，画面很有分量。

不稳定的构图，魅力十足。

一幅彩铅高手的作品，别有一番风味。

人物对称，构图协调。

足球冲破边框，妙！

校园告示

节日
POP

文字效果很棒，主题鲜明。

单线人物也是一种风格。

画面清晰、平衡。

细节的点缀很成功。

创意独特，值得鼓励。

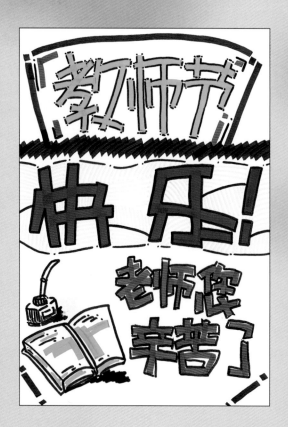

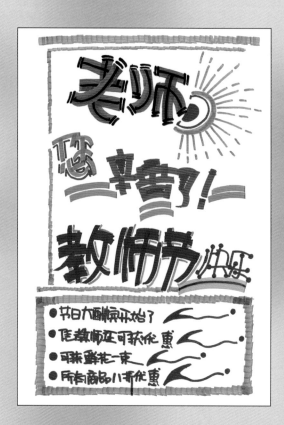

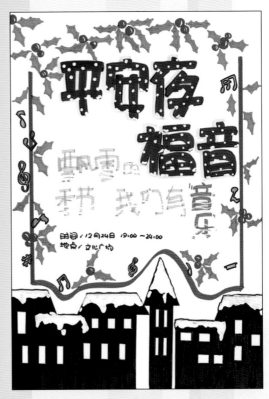

浓重的圣诞气息扑面而来。

大面积的色块，与细线穿插得当。

很有版画效果的POP。

幽默的画面，轻松的形式，让人过目不忘。

艳丽的颜色要被重色"镇压"。

重要的是大家都知道"免费"。

有分量的节日要用有分量的字体来表达。

淡雅的感觉让人赏心悦目。

诉求目的简单,画面也不烦琐。

虽然素净但也热闹。

用现代手法表现古典传统,效果不错。

画面效果多而不乱。

流行的就是简单和精致。

校园告示

活动
PLP

波浪线冲击画面的呆板。

可谓是言简意赅。

点的处理丰富了画面。

田园般的感受。

醒目可爱的POP。

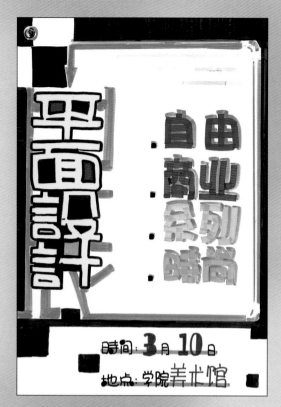

黑白的处理很特别。

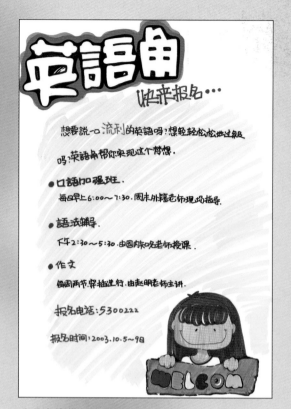

随手涂的黄色很抢眼。

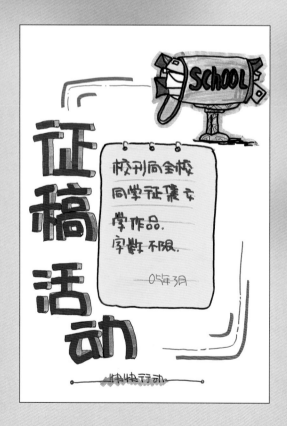

图文呼应，很有趣。

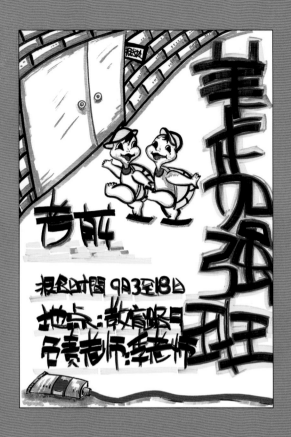

现代气息浓烈的作品。

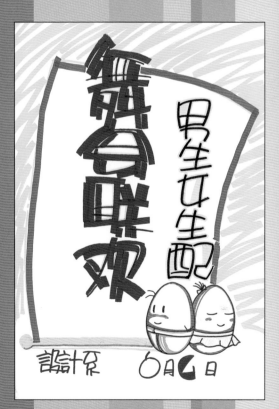

油画棒效果，生动活泼。

很有冬天的感觉哦!

人物的表现很够味。

童趣十足啊!

整体感强，主题鲜明突出。

令人毛骨悚然的体验。

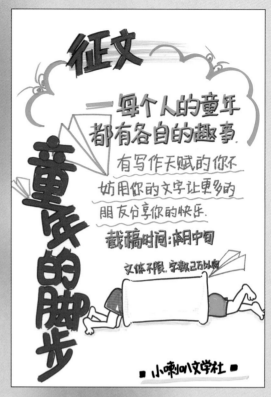

美好的童年，令人追忆。

手法很大胆。

人物描绘细腻、生动。

细线的处理打破了平静的画面。

彩旗飘飘，节日到。

简单的画面，让人一目了然。

看得到的速度感。

文字生动，人物形态丰富。

童趣的风格颇受欢迎。

写实的手法在POP中，谁说不能用？

一个很好的构图，一个很好的场地。

很酷的人物，强烈的色彩。

传统与现代的结合。

人物的处理很艺术。

让人充满自信和挑战。

首先得抓住眼球。

看不到这样的主题，就看不到未来。

形象鲜明，充满挑战。

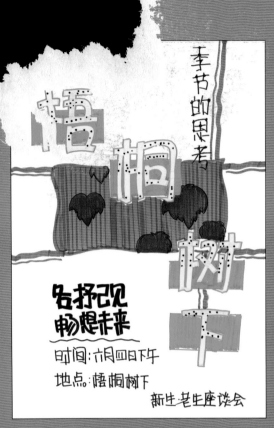

季节的思考

悟桐树对下

各抒己见
畅想未来

时间：六月四日下午
地点：悟桐树下
新生老生座谈会

错落的文字打破了构图。

3月5日

校园舞会

毕业吧的 难忘今宵

时间：9月28
地点：会演中心

今夜·令你
永生难忘·刺
激·有趣

充满稚气，充满希望。

让人生趣的构思。

形式灵活，变化有致。

画中有画，意犹未尽。

形式很有艺术感。

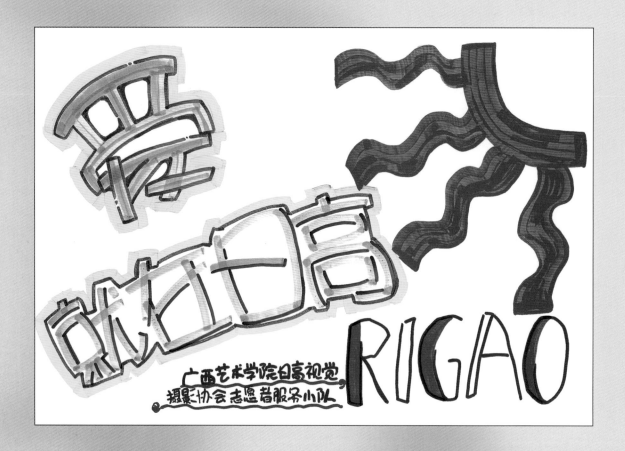

校园告示

宣传

PDP

色彩鲜明，构图适当。

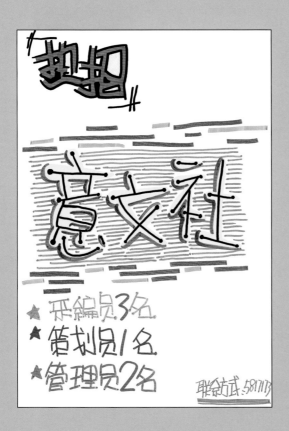

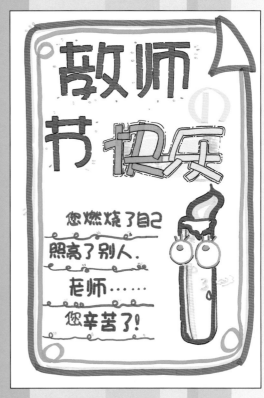

翻开页面，趣味十足。

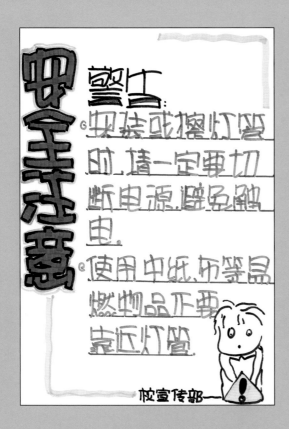

酷劲十足。

搞笑的插图增添不少情趣。

画出漂亮的 POP 字体来吧!

色彩对比,冲击力强。

想象力丰富。

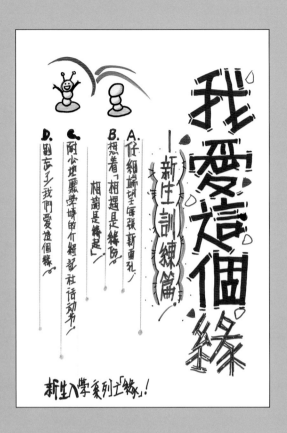

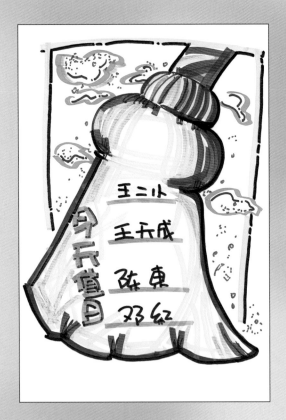

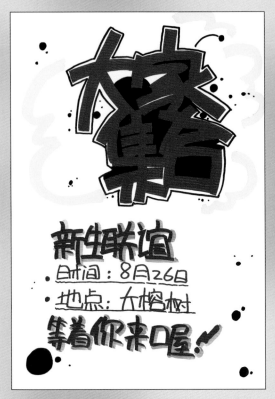

主题鲜明，结构清晰。

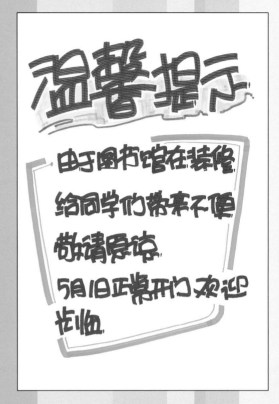

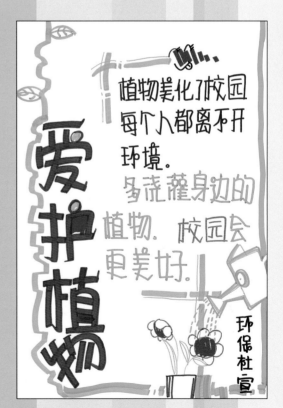

巨大的惊叹号让人警惕。

色调明朗，不拘一格。

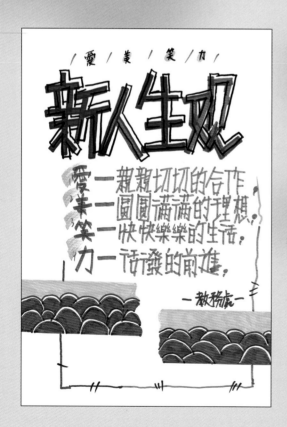

元素简单，却不空洞。

校园营销

广告

POP

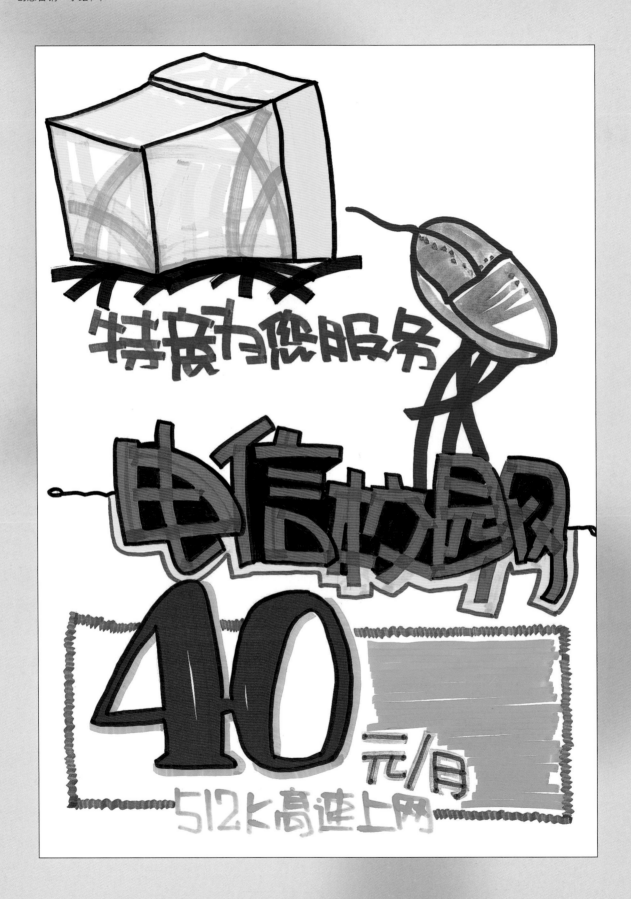

底色的烘托，标题更生动。

色彩明丽的花朵贯穿整个画面。

标题风格与插图相呼应。

温馨的色调烘托主题。

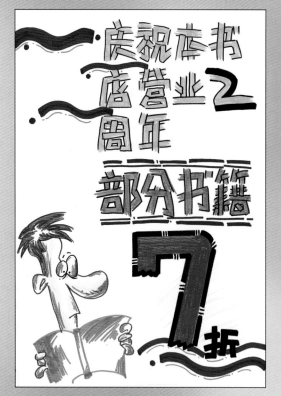

文字、画面层次分明，感染力才强。

工整漂亮的文字与插图平分秋色。

对比色的运用恰到好处。

蜡笔表现，真的很"童话"。

标题的红色，在画面反复出现，有呼应。

相信看过圣斗士的朋友一定不会错过。

简洁的插图能使标题更突出。

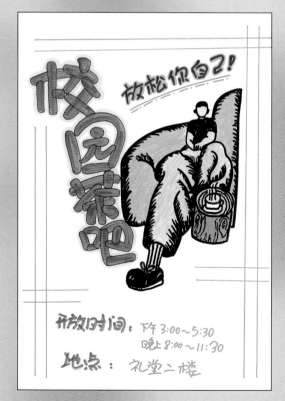

人物造型夸张得很到位。

标题简洁大方。

标题简洁大方。

标题的处理，让整个画面充满了夏日风情。

整个画面简直是一个梦境。

线条的合理运用，能有效组织画面。

点的运用使画面层次丰富起来。

羞怯的卡通妹妹引人注目。

波浪线框统一画面。

标题字潇洒大方。

文字竖排效果大不一样。

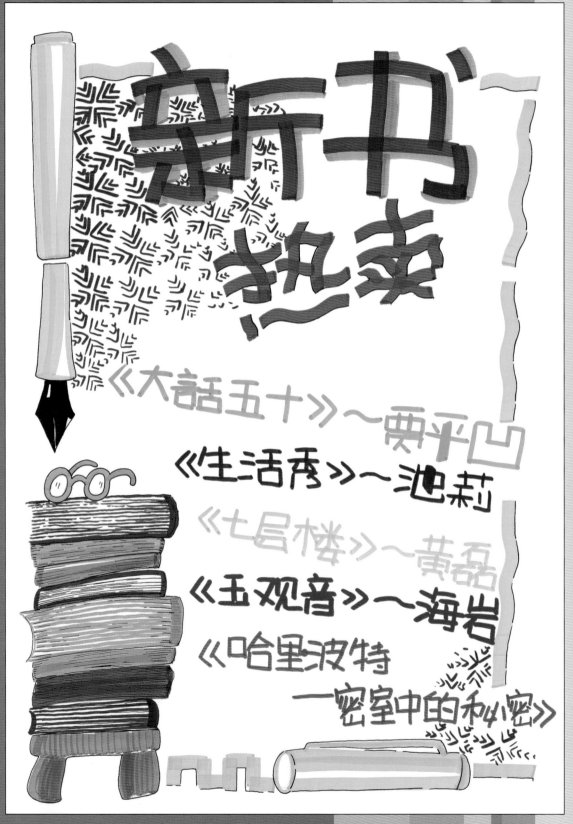

既有书卷气，又不沉闷。

黄色与黑色组合总是很醒目。

大块面的效果用做标题很合适。

构图和文字的处理都很特别。

文字中加入色块也很不错。

外框有新意。

画面的情节很有趣。

弧线的交织，使画面生动活泼。

主体突出，构图有变化。

桃红的花瓣，醒目极了。

重点突出，信息很明确。

图书在版编目（CIP）数据

创意营销·手绘POP．校园/陆红阳，喻湘龙主编．—南宁：广西美术出版社，2005.6
ISBN 7-80674-542-4

Ⅰ.创... Ⅱ.①陆...②喻... Ⅲ.商业广告－作品集－中国－现代 Ⅳ.J524.3

中国版本图书馆 CIP 数据核字(2005)第 065847 号

本册作品提供：

黄绍佳	张 琨	甘伶玲	韦宇立	古佳永	韦艳芳	郭 妮	钟绮霓	李今铭	陈雪春
陈成华	熊燕飞	李 阳	韦竞翔	周 毅	黄 团	谢晓勇	苏羽凌	陈夏嫦	张宁莉
张文慧	刘 畅	莫 凡	何 莎	卢德梅	吕敏桦	姚 熙	周 晗	陈顺兰	罗 菲
李 说	韦 琳	陈 晨	邓海莲	工 凡	亢 琳	张 静	阮 霞	周庭英	周 洁
季红梅	龙 毅	高 璇	罗人宾	初大伟	梁丽英	韦 燕	何东兰	方元辉	蒋 婷
罗立星	王 憾	阳宝乡	黄 暄	罗 军	卢宇宁	李 娟	胡昌燕	唐 恬	唐香花
陈思成	梁 鹏	罗和华	邹奇城	肖海波	谭仁生	罗和平	廖爱群	范振夏	许菱莎
邓金文	林 洁	陆 霞	巫 华	陈宁宁	潘玉珉	周 柯	蓝丹萍	陈 诚	韦禄橙

创意营销·手绘POP
校园

顾　　问 / 柒万里　黄文宪　汤晓山　白　瑾
主　　编 / 喻湘龙　陆红阳
编　　委 / 陆红阳　喻湘龙　黄江鸣　黄卢健　叶颜妮　黄仁明
　　　　　利　江　方如意　梁新建　周锦秋　袁莜蓉　陈建勋
　　　　　熊燕飞　周　洁　游　力　张　静　邓海莲　陈　晨
　　　　　巩姝姗　亢　琳　李　娟
本册编著 / 张　静　邓海莲　游　力
出 版 人 / 伍先华
终　　审 / 黄宗湖
图书策划 / 姚震西
责任美编 / 陈先卓
责任文编 / 符　蓉
装帧设计 / 阿　卓
责任校对 / 欧阳耀地　陈宇虹　刘燕萍
审　　读 / 林柳源
出　　版 / 广西美术出版社
地　　址 / 南宁市望园路9号
邮　　编 / 530022
发　　行 / 全国新华书店
制　　版 / 广西雅昌彩色印刷有限公司
印　　刷 / 深圳雅昌彩色印刷有限公司
版　　次 / 2005 年 8 月第 1 版
印　　次 / 2005 年 8 月第 1 次印刷
开　　本 / 889mm × 1194mm　1/16
印　　张 / 6
书　　号 / ISBN 7-80674-542-4/J·399
定　　价 / 30.00元